四庫全書宋詞别集叢刊——十一

酒邊詞
向子諲

無住詞
陳與義

漱玉詞
李清照

四庫全書
宋詞別集
叢刊 ⑪

商務印書館

酒邊詞

向子諲

欽定四庫全書　　集部十

酒邊詞　　詞曲類　詞集之屬

提要

臣等謹案酒邊詞二卷宋向子諲撰子諲字伯恭臨江人欽聖憲肅皇后再從姪元符初以恩澤補官高宗朝歷徽猷閣直學士知平江府事蹟具宋史本傳子諲晚年以忤秦檜致仕卜築於清江五柳坊楊遵道光禄之别

墅號所居曰薌林既作七言絶句以紀其事
而復廣其聲為鷓鴣天一闋樓鑰攻媿集嘗
紀其事然鑰僅稱其詩而不及其詞又子諲
之號薌林居士據西江月五柳坊中煙緑一
闋注當在政和年間鑰亦考之未悉也馬氏
經籍考載子諲有酒邊詞一卷樂府紀聞則
稱四卷此本為毛晋所刊分為二卷上卷曰
江南新詞下卷曰江北舊詞新詞所載其自

注皆紹興甲子舊詞所載其自注則政和宣和甲子卷首有胡寅序稱退江北所作於後而進江南所作於前以枯木之心幻出葩華酌元酒之尊棄置醇味玩其詞意此集似子諲所自定然減字木蘭花斜紅疊翠一闋注紹興壬申春薌林瑞香盛開賦此詞是年三月十六日公下世此詞公之絶筆云云已屬後人綴入而此詞以後所載尚多年月先後

又不以甲子爲次殆後人又有所竄亂非原本也其浣溪沙咏巖桂第二闋别樣清芬撲鼻來一首據注云曾端伯和蓋以端伯和詞附録集内而原目併作子諲之詞題爲浣溪沙十二首則非其舊次明矣乾隆四十九年八月恭校上

總纂官臣紀昀臣陸錫熊臣孫士毅

總校官臣陸費墀

欽定四庫全書

酒邊詞序

詞曲者古樂府之末造也古樂府者詩之傍行也詩出于離騷楚詞而離騷者變風變雅之怨而迫哀而傷者也其發乎情則同而止乎禮義則異名之曰曲以其曲盡人情耳方之曲藝猶不逮焉其去曲禮則益遠矣然文章豪放之士鮮不寄意於此者隨亦自掃其跡曰謔浪遊戲而已也唐人為之㝡工者柳耆卿後出掩衆製而盡其妙好之者以為不可復加及眉山蘇氏一洗綺

羅香澤之態擺脫綢繆宛轉之度使人登高望遠舉首高歌而逸懷浩氣超然乎塵垢之外于是花間為皁隸而柳氏為輿臺矣薌林居士步趨蘇堂而嚌其胾者也觀其退江北所作於後而進江南所作于前以枯木之心幻出葩華酌元酒之尊棄置醇味非染而不色安能及此余得其全集於公之外孫汶上劉荀子卿反復厭飫復以歸之因題其後公宏才偉績精忠大節在人耳目固史載之矣後之人昧其平生而聽其餘韵亦猶讀

梅花賦丙未知宋廣平歟武夷胡寅題

欽定四庫全書

酒邊詞

序

二

欽定四庫全書

酒邊詞卷上

宋 向子諲 撰

江南新詞

滿庭芳

巖桂風韻高古平生心醉其間昔轉漕淮南嘗手植堂下蘜林此花為多戲作是詞當邀徐師川諸公同賦

月窟蟠根靈巖分種絕知不是塵凡瑠璃剪葉金粟綴花繁黃菊周旋避舍友蘭蕙羞殺山樊清香遠秋風十里鼻觀已先叅

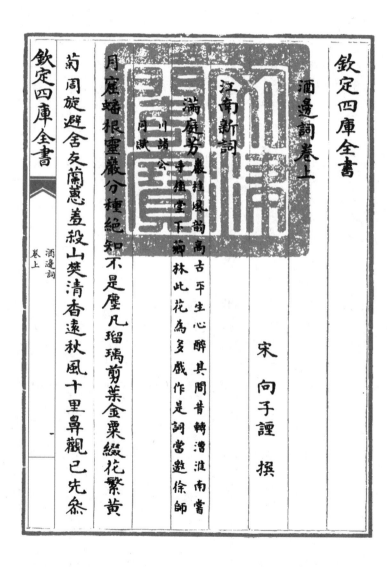

酒闌聽我語平生半是江北江南經行處無窮綠水青山常被此花相惱思共老結屋中間不因著薌林底事游戲到人寰

又 巖桂香林改張元功所作

瑟瑟金風團團玉露巖花秀發秋光水邊一笑十里得清香疑是蕊宮仙子新粧就嬙額塗黃霜天晚妖紅麗紫回首總堪傷 中央孕正色更留明月偏照何妨便高如蘭菊也讓芬芳輸與薌林居士微吟罷閒據胡床須知道天教尤物相伴老江鄉

鷓山溪 紹興乙卯大雪行鄱陽道中

瑶田銀海皓色難爲對琪樹照人間曉然是華嚴境界萬年松徑一帶舊峰巒深掩覆密遮藏三昧光無礙金毛獅子打就休驚怪片片上紅爐且不可將情作解有無不道低絶去來今明即暗暗還明只個長不昧

又 王明之曲藕林易置十數字歌之

挂冠神武來作煙波主千里好江山都盡是君恩賜與風勾月引催上泛之宅時泛宅即公所賜舟也上批云泛宅可永充子輕樂坐因名其舟

曰浚宅

酒傾玉鱠堆雪總道神仙侶 蓑衣蒻笠更著些兒雨横笛兩三聲晚雲中驚鷗來去欲煩妙手寫入散人圖蝸角名蠅頭利著甚來由顧

又 老妻生日作十一月初七日

一陽才動萬物生春意試說與宮梅到東閤花枝第幾踈踈淡淡冷豔雪中明無俗調有真香正與人相倚 怕雲怕霧瑞色門闌喜再拜引盃長看兩頰紅潮欲起天教難老風鬢緑如雲對玉筍與獅林歲歲花前醉

水龍吟

紹興甲子上元有懷京師

華燈明月光中綺羅絃管春風路龍如駿馬車如流水軟紅成霧太乙池邊葆真宮裏玉樓珠樹見飛瓊伴侶霓裳縹緲星回眼蓮微步 笑入綵雲深處更冥冥一簾花雨金鈿半落寶釵斜墜乘鸞歸去醉失桃源夢回蓬島滿身風露到而今江上愁山萬疊鬢絲千縷

又

甲子季冬丁亥得雪與晁叔異劉子駒兄弟皆北客同上雪臺登連輝觀渠使君遣酒仍與北梨俱醉薌林堂上相與聯句云西北通無路東南偶共朝穿林行鳥路踏雪燋鵞梨吳大年方

病起不能同此樂得大年水龍吟
詞過之夜歸月色如畫亦賦一首

夢回寒入衾裯曉驚忽墮瑶林裏穿帷透隙落花飛絮難窮巧思著帽披裘挈壺呼友倚空臨水望瓊田不盡銀濤無際浮皓色來天地　遥想吳郎病起政冷窗微吟擁鼻持牋贈我新詞絶唱珠零玉碎餘興追遊清芬坐對高談傾耳晚歸來風埽停雲萬里月華如洗

八聲甘州　中秋前數夕久雨方晴

恨中秋多雨及晴景追賞且探先縱玉鉤初上氷輪未

正無素嬋娟飲客不來自酌對影亦清妍任笑鄰林老
雪鬢霜髯　好在章江西畔有凌雲玉笥空翠相連嬾
崎嶇林麓則窈窕溪邊自斷此生休問願願瓮中長有
酒如泉人世間是誰得似月下尊前

又 丙寅中秋對月

埽長空萬里淨無雲飛鏡上天東欲騎鯨與問一株丹
桂幾度秋風取水珠宮貝闕聊為洗塵容莫放素娥去
清影方中　玄魄猶餘半壁便笙簧萬籟尊俎千峰況

十分端正更鼓舞衰翁恨人生時乎不再未轉頭歡事已沉空多酌我歲華好處浩意無窮

水調歌頭 大觀庚寅閏八月秋鄰林老顧子美汪彥章蒲庭鑑時在諸公幕府間從游者洪駒父徐師川蘇仰固及李商老兄弟是夕登臨賦咏樂甚俯仰三十九年所存者余與彥章耳紹興戊辰再閏感時撫事為之太息因取舊詩中師川一二語作是詞

閏餘有何好一年兩中秋補天修月人去千古想風流少日南昌幕下更得洪徐蘇李快意作清遊送日眺西嶺得月上東樓 四十載兩人在總白頭誰知滄海成

陸萍跡落南州忽問神京何在幸有薌林秋露芳氣襲衣裘斷送餘生事唯酒可忘憂

又 靈隱寄云與洛濱老人及筠翁過最樂堂醉中秋月用鄙韵有妙唱得賦一首麽異時不為堂上生客耳

我生六十四四度閏中秋碧天千里如氷明月更如流照我洛濱詩伯攜手仙卿屢隱閬苑與同遊人醉玉相倚不肯下瓊樓　薌林老章江上幾回頭騰欲控鶴瀛海聊下越王州直入白雲深處細酌仙人九醞香霧儘

偎裘共看一笑粲以寫我心憂

又 再用前韻 啚任令尹

飄飄任公子爽氣欲横秋向日攜詩過我知不是凡流築室清江西畔巧占一川佳處勝士日追遊邀我出門去拉月上新樓　爛銀盤從樹杪出雲頭好是風流從事同醉入青州須信人生如幻七十古來稀有銷得幾狐裘誰似鄉林老無喜亦無憂

洞仙歌 中秋

碧天如水一洗秋容淨何處飛來大明鏡誰道斫却桂
應耍光輝無遺照寫出山河倒影　人猶苦餘熱肺腑
生塵稜我起然到三境問姮娥緣底事有盈虧煩玉斧
運風重整教夜夜人世十分圓待拚却長年醉了還醒

滿江紅　奉酧曾端伯使君兼簡趙若虛監郡

雁陣横空江楓戰幾番風雨天有意作新秋令欲鼇殘
暑籬菊巖花俱秀發清芬不斷來窗戶共驩然一醉得
黄昏仍叔度　尊前事塵中去拈花問無人語薌林顧

靈照笑撫庭樹試舉似虎頭城太守想應會得玄玄處老我來懶更作淵明閒情賦

虞美人 與趙正之兗邛執別俯仰十有餘年忽漫相逢又爾語別作是詞以送

淮陽堂上曾相對笑把姚黃醉十年離亂有深憂白髮蕭蕭同見渚江秋　履聲細聽知何處欲上星辰去清寒初溢尊雲收更看碧天如水月如流

又 明年過彭蠡遇大風行巨浪中用前韻寄趙正之及洪州李相公兼示開元栖隱二老一首

銀山堆裏廬山對舟子愁如醉笑看五老了無憂大覺

胸中雲夢氣横秋　若人到得歸元處定一齊銷去直須聞見泯然收始知大江東注不曾流

又

中秋與二三禪子方誦十玄談趙正之復以長短句見寄乃用其韵語畣之

澄江霽月秋無對龜酒何須醉人憐貧病不堪憂誰識此心如月正含秋　再三滯漉方知處試向波心去迢迢空刼勿能收漫道從來天地與同流

又

梅花盛開走筆戲呈韓叔夏司諫

江頭苦被梅花惱一夜霜須老誰將冰玉比精神除是

凌波却月見天真　情高意遠仍多思只有人相似滿城桃李不能春獨向雪花深處露花身

蝶戀花 和曾端伯使君用李久善韻

洲上百花如錦繡水滿池塘更作濺濺溜斷送風光惟有酒苦吟不怕因詩瘦　尋壑經邱長是久向晚歸來稚子柴門候萬事付之醒夢後眉頭不為閒愁皺

又 百花洲老桂盛開張師明程德遠攜酒來醉花下有唱酹蝶戀花亦次其韻

岩桂秋風南埭路墻外行人十里香隨步此是鄉林遊

戲處誰知不向塵根住　今日對花非浪語憶昨明光早荷君王顧生怕青蠅輕點污思鱸何似思花去

鷓鴣天 壽太夫人

戲綵堂深翠幙張南飔特地作微涼葵花向日枝枝似萱草忘憂日日長　門有慶福無疆老人星共酒生光慇懃並假天吳手傾瀉西江入壽觴

又 番禺齊安郡王席上贈故人

台棣初逢兩妙年瑤林玉樹倚風前疎梅影裏春同醉

紅芰香中月一船　長悵恨短姻緣空餘蝴蝶夢相連
誰知瘴雨蠻煙地重上襄王玳瑁筵

又 豫章郡王席上

兩個鴛鴦波上來一緺楊柳掌中迴已愁共雪因風去
更著繁絃急管催　含淺笑勸深盃桃花氣暖眼邊開
司空常見風流慣輸與山翁醉玉摧

又 紹興已未歸休後賦

露下風前處處幽官黄如染翠如流誰將天下蟾宫樹

散作人間水國秋　香郁郁思悠悠幾年魂夢繞江頭
今朝得到薌林醉白髮相看萬事休

又

舊史載白樂天歸洛陽得楊常侍舊第有林泉之致占一都之勝薌林居士卜築清江乃楊遵道光祿故居也昔文安先生之所可而竹木池館亦甚似之其子孫與西蕪山茲從遊所謂百花洲者因東坡而得名嘗為絕句以紀其事復戲廣其聲為是詞云

莫問清陽與洛陽山林總是一般香兩家地占西南勝
可是前人例姓楊　石作枕醉為鄉藕花菱角滿池塘
雖無中島霓裳奏獨鶴隨人意自長

又 有懷京師上元與韓叔夏司諫王夏卿侍郎曹仲聲少卿同賦

紫禁煙花一萬重鼇山宮闕隱晴空玉皇端拱彤雲上人物嬉遊陸海中　星轉斗駕回龍五侯池館醉春風而今白髮三千丈愁對寒燈數點紅

又 戲韓叔夏

只有梅花似玉容雲窗月戶幾尊同見來照眼明如水欲去愁眉淡遠峰　山萬疊水千重一雙蝴蝶夢能通都將淚作梅黄雨盡把情為柳絮風

又 老妻生日

玉篆題名在九天而今且作地行仙挂冠神武帰休後同醉鄉林是幾年　龜遊泳鶴蹁躚踈梅修竹兩清妍欲知福壽都多少阜閣清江可比肩

又 詠紅梅

江北江南雪未消此花獨步百花饒青枝可愛難為杏綠葉初無不是桃　多態度足風標藍珠仙子醉紅潮絶憐野外橫斜處似與鄉林慰寂寥

又 紹興壬戌中秋前數夕與楊謹仲曾子明劉旻客及子駒兄弟詩月新橋

駕月新成碧玉梁青天萬里瀉銀潢廣寒宮裏無雙樹無熱池邊不盡香　承露液釀秋光直須一舉累千觴不知世路風波惡何似鄉林氣味長

又 紹興戊辰歲閏中秋

明月光中與客期一年秋半兩圓時姮娥得意為長計織女歡盟可恨遲　瞻玉兔倒瓊彝追懷往事記新詞浩歌且入滄浪去醉裏歸來知不知

又曾端伯使君自虔守移帥荆南作是詞戲之

贛上人人説故侯從來文采更風流題詩漫道三千號別酒須拚一百籌　乗畫鷁衣輕裘又將春色過荆州合江遶岍垂楊柳總學歌眉葉葉愁

減字木蘭花　紹興辛未冬温臈前梅花已謝去明日立春令夕大雪程德遠弟來自龍舒張埼言寄聲相問有懷其人

青松翠篠一夜歆傾如醉倒殘臘能佳落盡梅花見雪花　詩涯酒島何日登臨同笑傲未老還家飽歴年華

有鬢華

又 紹興壬申春薌林瑞香盛開賦此詞是年三月十有六日辛亥公下世此詞公之絶筆也

斜紅疊翠何許花神來獻瑞粲粲裳衣割得天孫錦一機

真香妙質不耐世間風與日著意遮圍莫放春光造次歸

阮郎歸 紹興乙卯大雪行鄱陽道中

江南江北雪漫漫遥知易水寒同雲深處望三關斷腸

山又山 天可老海能翻消除此恨難頻聞遣使問平

安幾時鑾輅還

秦樓月

芳菲歇故園目斷傷心切傷心切無邊煙水無窮山色
可堪更近乾龍節眼中淚盡空啼血空啼血子規聲
外曉風殘月

少年遊 別韓叔夏

去年同醉酴醿下儘筆賦新詞今年君去酴醿欲破誰
與醉為期 舊曲重歌傾別酒風露泣花枝章水能長

湘水遠流不盡兩相思

西江月 番禺趙立之郡王席上

風響蕉林似雨燭生粉豔如花客星槎與泛仙槎誤到支機石下　歡喜地中取醉溫柔鄉裏為家晚紅香霧鬧春華不道風波可怕

又 吴穆仲與法喜以禪悦為樂寄唱酧醉蓬萊示薌林居士有見即已無心即了之句戲作是詞酬之

見處莫教甚著無心慎勿沉空本無背面與初終說了

還同說夢　欲識薌林居士真成漁父家風收絲罷釣月明中總是神通妙用

又

紹興丁巳秋徧走湖東諸郡遂作天台鴈宕之遊政黃柑江鱠時足慰平生時拜詔書薌林之賜因成長短句寄朱子發范元長陳去非翰林三學士以資玉堂中一笑

得意穿雲度水及時斫玉分金茲游了却未來心怪我歸遲一任　居士何如學士翰林休笑薌林個中真味少知音不是清狂太甚

又

政和年間卜築宛丘手植眾薌自號薌林居士建炎初解六路漕事中原俶擾故廬不得返卜

居清江之五柳坊紹興癸丑罷帥南海即棄官不仕乙卯起以九江郡得轉漕江東入為戶部侍郎辭榮辟謗出守姑蘇到郡少日請又力焉詔可且賜舟曰泛宅送之歸己未暮春復遂舊隱時仲舅李公休亦辭春陵郡守致仕喜賦是詞

五柳坊中煙綠百花洲上雲紅蕭蕭白髮兩衰翁不與時人同夢 抛擲麟符虎節徜徉月下林風世間萬事轉頭空個裏如如不動

又

山谷作酴醾詩極工所謂露溼何郎試湯餅日烘荀令炷爐香取古人語以況此花稱為著趣余三十年前與晁之道狄端叔諸公醉皇建院東武裏家酴醾甚盛各賦長短句獨記余浣溪

沙一首云翠羽衣裳白玉人不將朱粉污天真清風為伴月為隣　枕上解隨良夜夢壺中别是一家春同心小綰更尖新真成夢事此境此花不殊而心情老嬾無復當時矣勉强作是詞云

紅桹小園桃杏綠生芳草池塘誰教芍藥殿春光兀似酴醿官樣　翠蓋更蒙珠幰薫爐賸熨沉香娟娟風露滿衣裳獨步瑶臺月上

又　老妻生日因取薌材中所產異物作是詞以侑觴

幾見芙蓉並蒂忽生三秀靈芝千年老樹出孫枝岩桂

秋來滿地　白鶴雲間翔舞綠龜葉上遊嬉齊眉偕老
更何疑個裏自非塵世

南鄉子　大雪韓叔夏坐中

梅與雪爭姝試問春風管得無除却個人多樣態誰如
細把冰姿比玉膚　一面倒金壺旣醉仍煩翠袖扶同
向凌風臺上看何如且與鄉林作畫圖

浣溪沙　賓林山聞建蘭

綠玉叢中紫玉條幽花疎淡更香饒不將朱粉汚高標

空谷佳人宜結伴貴游公子不能招小窗相對誦離騷

又 漁父詞張志和之兄松岩所作也有招玄真子歸隱之意居士爲姑蘇郡守浩然有歸志因賡其聲爲浣溪沙示姑蘇諸友

樂在煙波釣是閒艸堂松桂已勝攀梢梢新月幾回灣一碧太湖三萬頃屹然相對洞庭山狂風浪起且須還

又 戲呈牧菴舅

進步須於百尺竿二邊休立莫中安要知玄露沒多般
花影鏡中拈不起蟾光空裏撮應難道人無事更叅
看

又
荆公除日詩云爆竹聲中一歲除東風送暖入屠蘇千門萬戶曈曈日爭把新桃換舊符東坡詩云老去怕看新歷日退歸擬學舊桃符古今絶唱也呂居仁詩有畫角聲中一歲除平明更飲屠蘇酒之句政用以為故事耳薌林退居之十年戲集兩公詩輒以鄙意足成浣溪沙自書以遺靈照

爆竹聲中一歲除東風送暖入屠蘇曈曈曉色上林廬

老去怕看新歷日退歸擬學舊桃符青春不染白髭鬚

又

岩桂花開不數日謝去每恨不能挽留近得爐熏頗耐久

醉裏驚從月窟來睡餘如夢蕊宮回碧雲時度小崔嵬疑是海山憐我去不論時節遣花開從今休數返魂梅

又

曾端伯和

別樣清芬撲鼻來秋香過後却追回博山輕霧鎖崔嵬

珍重香林一抹手不教一日不花開暗中錯認是江梅首二句或刻聽罷霓裳夢覺來天香留得袖中同

又老妻生日

星斗昭回自一天疎梅池畔鬬清妍蟠桃正熟藕如船葉上靈龜來瑞世林間白鶴舞胎仙春秋不記幾千年

又堂前岩桂犯雪開數枝色如杏黃適當老妻生朝作以此侑觴

瑞氣氤氳拂水來金幢玉節上瑤臺江梅岩桂一時開

不盡秋香凝燕寢無邊春色上尊罍臨風嗅蘂共徘徊

又

和曾吉甫韻呈宋景晉待制宋有二小姬小桃小蘭

縹繞紅圍宋玉墻幽蘭林下正芬芳桃花氣暖玉生香

誰道廣平心似鐵豔妝高韵兩難忘蘇州老矣不能狂

又

再用韵寄曾吉甫運使

靄靄停雲覆短墻夭夭臨水自然芳猗猗無處著清香

珍重鶩山溪句好尊前頻舉不相忘濠梁夢蝶儘春狂

又 簡王景源元勃伯仲

南國風煙深更深清江相接是廬陵甘棠兩地綠成陰九日黃花兄弟會中秋明月故人心悲歡離合古猶今

又 紹興辛未中秋王景源使君槳流下蕭灘拾舟從陸獅林老人以長短句贈行

尊俎風流意氣傾一盃相屬忍催行離歌更作斷腸聲

滚滚大江前後浪娟娟明月短長亭水程山驛總關

情

生查子 紹興戊午姑蘇郡舍懷歸賦

天上得靈根不是凡花數清似水沉香色染薔薇露

薌林月冷時玉筍雲深處歸夢托秋風夜夜江頭路

又 與客醉岩桂下落蕋忽墮酒盃中

月姊倚秋風香度青林杪吹墮酒盃中笑靨撩人小

薌林萬事休獨此情未了醉裏又題詩不覺花前老

臨江仙 紹興庚申老妻生日幼女靈照生於是歲女子亦有弄璋之喜

新月低垂簾額小梅半出檐牙高堂開燕靜無譁麟孫鳳女學語正咿啞　寶鼎騰熏沈水瓊彝爛醉流霞薌林同老此生涯一川風露總道是仙家

七娘子

山圍水繞高堂路恨密雲不下陽臺雨霧閣雲窗風亭月戶分明攜手同行處　而今不見生塵步但長江無語東流去滿地落花漫天飛絮誰知總是離愁做

減字木蘭花

維摩住處竟日繽紛花似雨更有難忘十里清芳撲鼻香　當年疎傅借問賜金郎用許何似歸艎寶墨光芒萬丈長

又

年年岩桂恰恰中秋供我醉今日重陽百樹猶無一樹香　且傾白酒賴有茱萸枝在手可是清甘遶遍東籬摘未堪

清平樂 薌林之居岩桂為最比得公是先生清平樂詞云小山蘗桂最有留人意拂葉攀花無限思露溼濃香滿袂別來過了秋光翠簾昨夜新霜多少月宮閒地姮娥與借餘芳因賦一首

幽花無外心與薌林會綠鬢相看今老矣不作淺俗氣味露葉蕤蕤生光風梢泛泛飄香稱意中秋開了餘情猶及重陽

又 韓叔夏

秋光如水釀作鵞黃蟻散入千巖桂樹裏惟許修門人

醉　輕鈿重上風鬟不禁月冷霜寒步障深沉歸去依
然愁滿空山

又岩桂盛開戲呈韓叔夏司諫

吳頭楚尾踏破芒鞵底萬壑千岩秋色裏不耐惱人風
味　而今老我薌林世間百不關心獨喜愛香韓壽能
來同醉花陰

又奉酧韓叔夜

薄情風雨斷送花何許一夜清香無覓處却返雲窗月

户醉鄉麯米為春荆州富貴中人肯入鄉林淨社玉

山屬倒芳茵

又 贈韓叔夏

餖飣薑尾一似鐘繇字吏部文章麟角起自是瑞人驚

世西垣准擬揮毫不須苦續離騷政看翻堦紅藥無

忘叢桂香醪

又 畣趙彦正使君

人間塵外一種寒香蕋疑是月娥天上醉戲把黄雲挼

碎　使君坐嘯清江騰芳飛譽無雙與寄小山蒙桂詩

成柴几明窗

又 鄭長卿資政惠以龍焙絕品手方醸薌林春色恨不得持去戲有此贈

薌林春色盃面雲腴白醉裏不知天地窄真是人間歡

伯　風流玉友爭姸酪奴可與忘年空誦少陵佳句飲

中誰是僊仙

更漏子 雪中韓叔夏席上

小窗前踈影下鸞鏡弄粧初罷梅似雪雪如人都無一

點塵 萛江寒人響絕更著朦朧微月山似玉玉如君

相看一笑溫

點絳唇 蘄林老人紹興甲寅中秋與二三禪子對月寶林山中戲作長短句俗呼點絳唇

綠水青山一林明月林梢過有誰同坐妙德毘盧我

石女高歌古調無人和還知麼更沒別個且莫分踈破

又 代淨

允老

此夜中秋不向光影門前過披衣得坐無佛允生我

闕鼓打皮借何今幾和還知麼就中兩個鼻孔誰穿破

又 代香嚴崇老

不昧本來太虛明月流輝過同行獨坐高下多由我

玉軫無絃誰對秋風和還知麽老龎一個識得機關破

又 代栖隱曇老

折脚鐺中二時粥飯隨緣過東行西坐不識而今我

壞盡田園終日且婆和還知麽鎚也無個時露衣衫破

又 後自和

不挂一裘世間萬事如風過忘緣兀坐皮袋非真我

隨色摩尼朱碧如何和還知麼從來只個千古撲不破

又 別代淨亂

荆棘林中浪夸好手曾穿過不起千坐逼塞虛空我

問路臺山婆子隨聲和還知麼石橋老個些子平窺破

又 別代香嚴

春浪桃花禹門三尺平跳過死生不坐變化須歸我

又 別代栖隱

山起南雲北雨聲相和還知麼點點真個塊土何曾破

脫落皮膚故人南岳峰前過只知閒坐千聖難窺我明月澄潭誰唱復誰和還知麼錦鱗沒個莫觸清光破

又 別自和

綠水池塘笑看野鴨雙飛過正當呆坐紐鼻須還我晝日張弓許久無人和還知麼難得全個不免須明破

又 世傳水月觀音詞徐師川惡其鄙俗戲作一首

冰雪肌膚靚粧喜作梅花面寄情高遠不與凡情染玉立峰前閒把經珠轉秋風便霧收雲捲水月光中見

又　重九戲用東坡先生韻

無熱池南歲寒亭上開新宴青山芳甸盡入眞如觀

舉首高歌人在秋天半晴空遠寒江影亂何處飛來雁

又

病卧秋風嬾尋盃斝追歡宴夢遊都甸不改當年觀

故山彫零天下今無半煙塵遠淚珠零亂怕問隨陽雁

又

今日重陽強挼青蕋聊開宴我家畿甸試上連輝觀

憶著醽池古塧煙霄半愁心遠情隨雲亂腸斷江城雁

又　重陽後數日菊墩始有花與諸友再登賦第四首

莫問重陽黃花滿地須遊宴休論荒甸且作江山觀百歲光陰屈指今過半霜天晚眼昏花亂不見書空雁

又　王景源使君寵示岩桂長短句擬和一首

春蕙秋蘭斷崖空谷終難近何如逸韻十里香成陣傾蓋論交白首情無盡因君問新聲玉振更覺花清潤

又　再賦示王景源使君

壁月光輝萬山不隔蟾宮樹金風玉露水國秋無數
老子情鍾欲向杳中住君王許龍鸞飛舞送到歸休處

又 再次王景源使君韵賦第三首

明月山頭古杳吹墮青林底世情無味伴我千岩裏
詩老風流也向花留意歌新擬調高難比半坐分君醉

採桑子 薌林為牧菴舅作

霜鬢七十期同老雲水之鄉總挂冠裳閒裏光陰一倍長 况逢花靨籬邊笑風露中香報冷秋光自有仙人九

醧觴

一落索

春風吹斷前山雨行雲歸去朝來須信本無心回首了無尋處　欲問個中去路阿誰能語澄江霽月却深知把此意都分付

如夢令

予以岩桂為爐熏雜以龍麝或謂未盡其妙有一道人授取桂花真水之法乃神仙術也其香著人不滅名曰獅林秋露李長吉詩亦云山頭老桂吹古香戲作二闋以貽好事者

欲問香林秋露來自廣寒深處海上說薔薇何似桂花

風度高古高古不著世間塵汚

又

誰識薌林秋露勝却諸天花雨休要覔曹溪自有個中

去路叅取叅取滴滴要知落處

卜算子

臨鏡笑春風生怕梅花妬疑是西湖處士家踈影橫斜

處　江静竹娟娟綠遶青無數獨許幽人仔細看全勝

牆東路

又 中秋欲雨還晴惠力寺江月亭用東坡先生韻示諸禪老寄徐師川樞密

雨意挾風回月色，兼天靜。心與秋空一樣清，萬象森如影。　何處一聲鐘，令我發深省。獨立滄浪忘卻歸，不覺霜華冷。

又 重陽後數日，避亂行雙源山間，見菊花，復用前韻。時以九江郡懇辭未報

時菊碎榛薪，地僻柴門靜。誰道村中好客稀，明月和清影。　天地一蘧廬，夢事慵思省。若個知余懶是真，心已如灰冷。

又 督戰泗水再用前韻第三首示青草堂

轇轇擾擾中本體元來靜一段澄明絕點埃世事如泡影　歌即是菩提此語須三省古道無人着脚行禾黍秋風冷

又 復自和賦第四首

千古一靈根本妙無明淨道個如如已是差莫認風旛影　枯木夜堂深默坐時觀省月落烏雞出戶飛萬里關河冷

三字令

春盡日雨餘時紅簌簌綠猗猗花滿地水平池煙光裏雲影上画船移　文鴛竝白鷗飛歌韵響酒行遲將我意入新詩春欲去留且住莫教歸

長相思　紹興戊辰閏中秋

年重月月重光萬瓦千林白似霜扁舟入醉鄉　山蒼蒼水茫茫嚴瀨當時不是狂高風引興長

南歌子

柳眼風前動梅心雪後寒年光渾似霧中看報答風光無處可為歡　一曲聊收淚三盃强自寬新愁不耐上眉端怕見長安歸路嬾凭欄

減字木蘭花

無窮白水無限芰荷紅翠裏幾點青山半在雲煙晻靄間　移舟横截卧看碧天流素月此意虚徐好把薌林入畫圖

南歌子

江左稱岩桂，吳中詫木犀。水沉為骨鬱金衣。却恨疎梅惱我、得青遲。　葉借山光潤，花蒙水色奇。年年句引賦新詩。應笑薌林冷淡、獨心知。

又　紹興辛酉病起

病著連三月，誰能慰老夫。蕭蕭短髮不勝梳。風裏支離欲倒、要人扶。　秋月明如水，岩花忽起予。旋篘白酒入盤盂。報畬風光不醉、更何如。

又　韓公圭近有提舉廣東市舶之命，假道清江，執別年餘，忽爾相逢，喜甚，因賦是詞云

我入三摩地人疑小有天君王送老白雲邊不用丹青

圖畫上凌煙　喜攬澄清轡能同載酒船相逢忽漫别

輕年好是兩身强健在尊前

桂殿秋

秋色裏月明中紅旌翠節下蓬宫蟠桃已結瑶池露桂

子初開玉殿風

朝中措　王景源使君生日坐上偶作

滿城臘雪淨無埃觸處是花開天上瓊林珠樹誰知夜

半移來　黄堂薦壽請君著意和氣潛囘化作一江春酒都將注入尊罍

菩薩蠻

天仙醉把真珠擲荷翻瀉入玻璃碧雨過酒尊涼紅蕖冉冉香　飛來雙白鷺屢作傲傲舞山鳥起清歌晚來情更多

好事近　紹興辛未病起見梅

多病卧江干過盡春花秋葉又見横斜疎影弄堦前明

月　呼兒取酒據胡床尚喜知時節宜與老夫情厚有

鬢邊殘雪又云折得一枝清瘦入鬢邊殘雪

又用前韻答鄧端友使君

風勁入平林婦盡一川黄葉唯有長松千丈挂娟娟霜

月　使君和氣動江城疑是芳菲節忽到小園游戲見

南枝如雪

減字木蘭花登望韶亭

兩峰對起象闕端門雲霧裏千嶂排空虎節龍旂指顧

中　簫韶妙曲我試與聽音韵足借問誰傳松上清風

石上泉

又

翠鬟雙小縧綺朱絃心未了畫戟森閒玉子紋楸手共

談　不妨扶老未說他年無限笑且要忘憂莫問今朝

勝幾籌

又　梅花盛開走筆戲呈韓叔夏

臘前雪裏幾處梅梢初破蕋年晚江邊是處花開晚更

妍絶知春意不耐愁何心與醉更有難忘宋玉牆頭婉婉香

又 韓叔夏席上戲作

誰知瑩徹惟有碧天雲外月一見風流洗盡胸中萬斛愁 騰燒蚕炬只恐夜深花睡去想得横陳全是巫山一段雲

又

千山萬水望極不知何處是小院迴廊夢去相尋未覺長

絶憐清瘦雪裏梅梢春未透常記分攜雨後梨花曉尚啼

又

去年端午共結綵絲長命縷今日重陽同泛黄花九醖觴　經時離缺不為萊萸髭似雪一笑逢迎休寛空青眼自明

欽定四庫全書

酒邊詞卷上

欽定四庫全書

酒邊詞卷下

宋 向子諲 撰

江北舊詞

滿庭芳 政和癸巳滁陽作 其年京師大雪

天宇長閒飛仙狂醉挼雲碎玉況空謝家庭院爭道絮因風不怕寒生寶粟深洞護犀幙重重瑶林裏疎梅獻笑小蕚露輕紅 瑞龍香繞處雲間絃管塵外簾櫳須

爛醉煙霞莫計千鍾聞道蟠桃正好蓬瀛路消息潛通
飛瓊伴偷將春色分付入芳容

水調歌頭 趙伯山席上見梅

天公深藏巧雪裏放春回不到閒花凡艸都付與踈梅獨立水
邊林下蕭蕭冰容孤豔清瘦玉腰肢觸撥暗香動風味欲愁誰
姮娥攜青女過夜闌時瑶冠瓊佩粲然一笑亦何奇賸欲舉
觴對飲不怕月明霜重寒氣著人衣只恐鄰笛起化作玉塵飛

梅花引 戲代李師明作

花如頰梅如葉小時笑弄堦前月最盈盈最惺惺閙愁未識無計定深情　十年空省春風面花落花開不相見要相逢得相逢須信靈犀中自有心通

又 向與前闋合作一闋非

同盃勺同斟酌千愁一醉都推卻花陰邊柳陰邊幾回擬待偷憐不成憐　傷春玉瘦慵梳掠抛擲琵琶閒處著莫猜疑莫嫌遲鴛鴦翡翠終是一雙飛

殢人嬌 錢卿席上贈侍人輕輕

白似雪花柔於柳絮蝴蝶兒鎮長一處春風駘蕩鶯憖吹去怎得遊絲半空惹住 波上精神掌中態度分明是彩雲團做當年飛燕從今不數只恐是高唐夢中神女

玉樓春 宛丘行口之圃見梅對雪

記得江城春意動兩行踈梅龍腦凍佳人不用辟寒犀踏雪穿花雲鬢重 真珠旋滴留人共叟蓺沉香熛金鳳只今梅雪可憐時都似綠窗前日夢

又 與何文縝倪巨濟王元衷燕叔黨宴張子實家侍人賀全真妙絶一時

雲窗霧閣春風透蝶遶蜂圍花氣漏惱人風味恰如梅倚醉腰肢全是柳　細傳一曲情偏厚淡掃兩山緑底皺歸時好月已沉空只有真香猶滿袖

鷓鴣天 與師川同過葉夢授家

小院深明别有天花能笑語柳能眠雪肌得酒於中煗蓮步凌波分外妍　釵燕重鬢荷偏兩山斜疊翠㒟娟朝雲無限飄春態暮雨情知叓可憐

又 宣和乙亥代人贈別

斗帳歡盟不計年誰知驀地遠如天何曾一霎離心上怎得而今在眼前 魚不斷雁相連可無小字寄芳牋薄情已是抛人去更與新愁到酒邊

又 同前

說著分飛百種猜泥人細數幾時回風流可慣曾孤冷懷抱如何得好開 垂玉筯下香堦並肩小語更兜鞵再三莫遣歸期誤第一頻教入夢來

又

淺淺粧成淡淡梅見梅憶著傍粧臺書無鴻雁如何寄腸斷催歸作麽回　千種恨百般猜為伊懷抱幾時開可堪江上風頭惡不放朝雲入夢來

又

幾處秋千嬾未收花梢柳外出纖柔霞衣輕舉疑奔月寶髻歌傾若墜樓　爭縹緲鬬風流蜂兒蛺蝶共嬉遊朝朝暮暮春風裏落盡梨花未肯休

踏莎行 政和丙申九江道中

靄靄朝雲飄春態度楚中夢斷尋無路欲將尊酒遣新愁誰知引到愁深處 不盡江山無邊細雨只疑都把愁來做西山總不解遮闌隨春直過東湖去

鵲橋仙

合巹風流擘釵情態壓倒癡牛騃女今年雲外果深期想却笑人間離苦 縈愁疊恨青山綠水杳杳重重無數尋常猶有夢能來到此夜無尋夢處

虞美人 政和丁酉下琵琶溝作

濛濛煙樹無重數不礙相思路晚雲分外欲增愁更那堪疎疎雨送歸舟　雨來還被風吹去隕淚多如雨擬題雙葉問離憂怎得水隨人意肯西流

又 春恨

去年不到瓊花底蝶夢空相倚今年特地趁花來因甚不教同醉過花開　花知此恨年年有閒伴人春瘦一枝和淚寄春風應把舊愁新怨入眉峰

又 宣和辛丑

去年雪滿長安樹望斷揚州路今年看雪在揚州人在蓬萊深處若為愁　而今不恨伊相誤自恨來何暮平山堂下舊嬉遊只有舞春楊柳似風流

又

綺窗人是鶯藏柳巧語春心透聲聲清切入人深一夜不知兩鬢雪霜侵　何時月下歌金縷醉看行雲住嬾將幽恨寄瑶琴却倩金籠鸚鵡遞芳音

更漏子 題趙伯山青白軒時王豐父劉長因同賦

竹孤青梅釃白更著使君清絶梅似竹竹如君須知德有隣　月同高風同調月底風前一笑翻碎影度浮香與人風味長

又

鵲橋邊牛渚上翠節紅旌相向承玉露御金風年年歲歲同　嬾飛梭停弄杼遥想緣雲深處人咫尺似關山無聊獨倚闌

鵲橋仙　七夕

澄江如練，遠山橫翠，一段風煙如畫。層樓傑閣倚晴空，疑便是、支機石下。　寶奩瓊鑑，淡匀輕埽，纖手弄妝初罷。擬將心事問天公，與牛女、平分今夜。

南歌子　代張仲宗賦

碧落飛明鏡，晴煙幙遠山。扁舟夜下廣陵灘。照我白蘋紅蓼、一盃殘。　初望同盟飲，如何兩處看。遥知香霧溼雲鬟。凭暖瓊樓十二、玉闌干。

鵲橋仙

飛雲多態涼飈微度都到酒邊歌處冰肌玉骨照人寒更做弄一簾風雨　同槃風味合歡情思不管星娥猜妒桃花溪水接銀河與占斷鵲橋歸路

南歌子　郭小娘道裝

縹緲雲閒質輕盈波上身瑤林玉樹出風塵不是野花凡艸等閒春　翠羽雙垂珥烏紗巧製巾經珠不動兩眉顰須信鉛華銷盡見天真

又

梁苑千花亂隋堤一水長眼前風物總悲涼何況眉頭心上不相忘　因夢聊攜手憑書續斷腸已驚蝴蝶過東墻更被風吹鴻雁不成行

卜算子 東坡先生嘗作卜算子山谷老人見之云類不食煙火人語薌林住歲見梅追和一首終恨有兒女子態耳

竹裏一枝梅雨洗娟娟靜疑是佳人日暮來綽約風前影　新恨有誰知往事何堪省夢繞陽臺寂莫回沾袖

餘香冷

菩薩蠻

鴛鴦翡翠同心侶驚風不動雙飛去春水綠西池重期相見時　長憐心共語夢裏池邊路相見不如新花應解笑人

又 政和雨中

娟娟明月如霜白鼇山可是蓬山隔恨不及春風行雲處處同　暝香紅霧裏一笑誰新喜知得遠愁無春衫

有淚珠

又

襪兒窄剪鞵兒小紋鴛竝影雙雙好微步巧藏人輕飛洛浦塵　前回深處見欲近還相遠心事不能知教人直是疑

南歌子

雨過林巒靜風廻池閣涼窺人雙燕語雕梁笑看小荷翻處戲鴛鴦　共飲昌蒲細同分綵線長今朝真不負

風光絶勝幾年飛夢繞高唐

減字木蘭花

幾年不見蝴蝶枕中魂夢逺一日相逢鸚鵡盃深笑靨濃　歡心未已流水落花愁又起離恨如何細雨斜風晚更多

秦樓月

蟲聲切柔腸欲斷傷離别傷離别幾行清淚界殘紅頰　玉堦白露侵羅襪下簾却望玲瓏月玲瓏月寒光零

亂照人愁絶

生查子 與王豐父鄭曼卿兄弟嵩山道中

月在兩山間人在空明裏山色碧於天月色光於水
心閒物物幽心動塵塵起莫向動中來長願閒如此

又

春心如杜鵑日夜思歸切啼盡一川花愁落千山月
遥憐白玉人翠被餘香歇可慣獨眠寒減動豐肌雪

又

近似月當懷遠似花藏霧好是月明時同醉花深處
看花不自持對月空相顧顧學月頻圓莫化花飛去

又

春山和恨長秋水無言度脉脉復盈盈幾點梨花雨
深深一段愁寂寂無行路推去又還來沒個遮攔處

又 贈陳宋鄰

娟娟月入眉整整雲歸鬢鏡裏弄粧遲簾外花移影
斜窺秋水長軟語春鶯近無計奈情何只有相思分

又

相思懶下床春夢迷蝴蝶入柳又穿花去去輕如葉可堪岐路長不道關山隔無賴是黃鸝喚起空愁絕

望江南 八月十四日為壽适有弄璋之慶

微雨過庭院靜無塵天上秋期明日是人間月影十分清真不負佳辰 稱壽處香霧繞花身玉兔已成千歲藥桂花更與一枝新喜氣滿重闈

浣溪沙

冰雪肌膚不受塵臉桃眉柳已生春手搓梅子笑迎人
欲語又休無恨思暫來還去不勝顰夢隨蝴蝶過東
隣

西江月

微步凌波塵起弄粧滿鏡花開春心擲處眼頻來秀色
著人無耐　舊事如風無迹新愁似水難裁相思日夜
夢陽臺滅盡沈郎衣帶

點絳唇 南昌送范帥

丹鳳飛來細傳日下絲綸語使君歸去已近沙堤路
風槳露花秋意濃如許江天暮離歌輕舉愁滿西山雨

醜奴兒 宣和辛丑

無雙亭下瓊花樹玉骨雲腴傾國稱姝除却揚州是處無 天教紅藥來驂乘桃李先驅總作花奴翠擁紅遮到玉都

如夢令

午夜涼生翠幔簾外行雲撩亂可恨白蘋風欲雨又還

吹散腸斷腸斷楚夢驚殘一半

好事近 中秋前一日為壽

小雨度微雲快樂一天新碧恰到中秋佳處是芳年華日冰輪莫做九分看天意在今夕先占廣寒風露怕姮娥偏得

又 懷安郡王席上

初上舞裀時爭看襪羅弓窄恰似晚霞零亂襯一鈎新月 折旋多態小腰身分明是回雪生怕因風飛去放

真珠簾隔

採桑子

人如濯濯春楊柳徹骨風流脫體温柔牽繫多情儘未休　最憐恰恰新眠起雲雨初收斜倚瓊樓葉葉眉心一樣愁

清平樂 寄邵子非諸友

雲無天淨明月端如鏡烏鵲遶枝栖未穩零露垂垂珠隕　扁舟共繞湖河秋風別去如梭今夜淒然對影與

誰斟酌姮娥

浣溪沙

花想儀容柳想腰融融曳曳一團嬌綺羅叢裏最妖嬈

歌罷碧天零影亂舞時紅袖雪花飄幾回相見為魂

消

又 趙總憐以扇頭來乞詞戲有此贈趙能棊分茶寫字彈琴

豔趙傾燕花裏仙烏絲襴寫永和年有時閒弄醒心絃

淺淺笑時雙靨媚盈盈立處綠雲偏稱人心事儘人

憐

又

一夜涼飈動碧幮曉庭飛雨濺真珠玉人睡起倚金鋪
雲鬢作堆初未整柳腰如醉不勝扶天仙風調世間
無

又 政和壬辰正月豫章龜潭作時徐師川洪駒父汪彥章攜酒來作別

壁月光中玉漏清小梅疎影水邊明似梅人醉月西傾
梅欲黃時朝暮雨月重圓處短長亭舊愁新恨若為情

又 連年二月二日出都門

人意天公則甚知故教小雨作深悲桃花渾似淚胭脂

理棹又從今日去斷腸還似去年時經行處處是相思

又 政和癸巳儀真東園作

花樣風流柳樣嬌雪中微步遇溪橋心期春色到梅梢

折得一枝歸綠鬢貫冰容玉豔不相饒索人同去醉金蕉

又

守得梅開著意看春風幾醉玉闌干去時猶自惜餘歡

雨後重來花掃地葉間青子已團團憑誰寄與蹙眉山

又　酴醿和狄端叔韻贈陳宋鄰

翡翠衣裳白玉人不將朱粉汚天真清風為伴月為鄰

枕上解隨良夜夢壺中別是一家春同心小綰更尖新

又

兩點春山入翠眉一緺楊柳作腰肢語音嬌軟帶兒癡
猶省當來求識面隔溪清唱倒瓊彝真成相見說當
時

又

姑射肌膚雪一團摻摻玉手弄冰紈着人情思幾多般
水上月如天樣遠眼前花似鏡中看見時容易近時
難

又

雲外遥山似翠眉風前楊栁入腰肢凌波微步襪塵飛
倚醉傳歌留客處佯嗔不語殢人時風流態度百般
宜

又 許南叔席上

百斛明珠得翠娥風流徹骨更能歌碧雲留住勸金荷
取醉歸來因一笑惱人深處是横波酒醒情味却知
麼

相見歡

亭亭秋水芙蓉翠圍中又是一年風露笑相逢　天機畔雲錦亂思無窮路隔銀河猶解嫁西風

又

桃源深閑春風信難通流水落花餘恨幾時窮　水無定花有盡會相逢可是人生長在別離中

又

腰肢一縷纖長是垂楊嫋嫋風中衣袖冷沉香　花如

顰眉如葉語如簧微笑微顰相惱過迴廊

酒邊詞卷下

無住詞

陳與義

欽定四庫全書　　集部十

提要　　詞曲類　詞集之屬

無住詞

臣等謹案無住詞一卷宋陳與義撰與義有簡齋集别著録陳振孫書録解題載其無住詞一卷以所居有無住菴故以名之與義詩師老杜當時稱陳黄之後無適之者其詞不多且無長調而語意超絶黄昇花菴詞選稱

其可摩坡仙之壘至于虞美人之及至桃花開後却匆匆臨江仙之杏花踈影裏吹笛到天明等句胡仔漁隱叢話亦稱其清婉奇麗蓋當時亦絶重其詞也此本為毛晉所刋僅十八闋而吐言天拔不作柳舞鶯嬌之態亦無蔬筍之氣殆于首首可傳不能以篇帙之少而廢之方回瀛奎律髓稱杜甫為一祖而以黄庭堅陳師道及與義為三宗如以詞論

則師道為勉強學步庭堅為利鈍互陳皆迴
非與義之敵矣開卷法駕導引三闋與義已
自注其詞為擬作而諸家題本尚有稱為赤
城韓夫人所製列之仙鬼類中者證以本集
亦足訂小說之誣焉乾隆四十九年五月恭
校上

總纂官臣紀昀臣陸錫熊臣孫士毅

總校官臣陸費墀

欽定四庫全書

無住詞
提要

二

欽定四庫全書

無住詞

宋　陳與義　撰

法駕導引　世傳頃年都下市肆中有道人攜烏衣椎髻女子買酒獨飲女子歌詞以侑八九闋皆非人世語或記之以問一道士道士驚曰此赤城韓夫人所製水府蔡真君法駕導引也烏衣女子疑龍云得其三而亡其二擬作三闋

朝元路朝元路同駕玉華君千乘載花紅一色人間遥指是祥雲回望海光新

又

東風起東風起海上百花揺十八風鬟雲半動飛花和雨著輕綃歸路碧迢迢

又

簾漠漠簾漠漠天澹一簾秋自洗玉舟斟白醴月華微映是空舟歌罷海西流

虞美人 亭下桃花盛開作長短句詠之

十年花底承朝露看到江南樹洛陽城裏又東風未必

桃花得似舊時紅　胭脂睡起春纔好應恨人空老心情雖在只吟詩白髮劉郎孤負可憐枝

憶秦娥五日移舟明山下作

魚龍舞湘君欲下瀟湘浦瀟湘浦興亡離合亂波平楚獨無尊酒酬端午移舟來聽明山雨明山雨白頭孤客洞庭懷古

臨江仙前題

高詠楚詞酬午日天涯節序怱怱榴花不似舞裙紅無

人知此意歌罷滿簾風　萬事一身傷老矣戎葵凝笑墻東酒杯深淺去年同試澆橋下水今夕到湘中

虞美人 大光祖席醉中賦長短句

張帆欲去仍搔首更醉君家酒吟詩日日待春風及至桃花開後却怱怱　歌聲頻為行人咽記著尊前雪明朝酒醒大江流滿載一船離恨向衡州

點絳脣 紫陽寒食

寒食今年紫陽山下蠻江左竹籬烟鎖何處求新火

不解鄉音只怕人嫌我愁無那短歌誰和風動梨花朶

虞美人 邢上友會上

超然堂上閒賔主不受人間暑冰盤圍坐此州無却有一瓶和露玉芙蕖　亭亭風骨涼生牖消盡尊中酒酒闌明月轉城西照見紗巾藜杖帶香歸

漁家傲 福建道中

今日山頭雲欲舉青蛟素鳳移時舞行到石橋聞細雨聽還住風吹却過溪西去　我欲尋詩寬久旅桃花落

盡春無所渺渺籃輿穿翠嶼悠然處高林忽送黃鸝語

虞美人 余甲寅歲自春官出守湖州秋杪道中荷花無復存者乙卯歲自瑣闥以病得請奉祠卜居青墩鎮立秋後三日行舟之前後如朝霞相映望之不斷也以長短句記之

扁舟三日秋塘路平度荷花去病夫因病得來遊更值滿川微雨洗新秋 去年長恨拏舟晚空見殘荷滿今年何以報君恩一路繁花相送到青墩

浣溪沙 離杭日梁仲謀惠酒極清而美七月十二日晚卧小閣已而月上獨酌

送了棲鴉復暮鐘欄干生影曲屏東卧看孤鴻駕天風

起舞一樽明月下秋空如水酒如空謫仙已去與誰

同

玉樓春 青墩僧舍作

山人本合居岩嶺聊問支郎分半境殘年藜杖與綸巾八尺庭中時弄影　呼兒汲水添茶鼎甘勝吳山山下井一甌清露一爐雲偏覺平生今日永

清平樂 木犀

黃衫相倚翠葆層層底八月江南風日美弄影山腰水

尾楚人未識孫妍離騷遺恨千年無住菴中新事一

枝喚起幽禪

定風波 重陽

九日登高有故常隨晴隨雨一傳觴多病題詩無好句

孤負黄花今日十分黄 記得眉山文翰老曾道四時

佳節是重陽江海滿前懷古意誰會闌干三撫獨淒涼

菩薩鬘 荷花

南軒面對芙蓉浦宜風宜月還宜雨紅少緑多時簾前

光景奇　纚牀烏木几盡日篆香裏睡起一篇新與花為主人

南柯子 塔院僧閣

矯矯千年鶴茫茫萬里風闌干三面看秋空背插浮屠千尺冷烟中　林塢村村暗溪流處處通此間何似玉霄峯遥望蓬萊依約曉雲東

臨江仙 夜登小閣憶洛中舊遊

憶昔午橋橋上飲坐中多是豪英長溝流月去無聲杏花

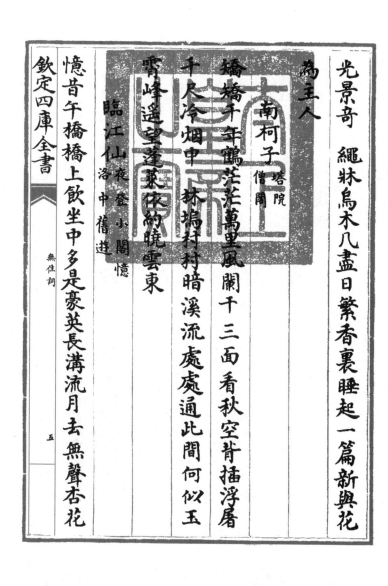

欽定四庫全書

疎影裏吹笛到天明　二十餘年如一夢此身雖在堪
驚閒登小閣看新晴古今多少事漁唱起三更

無住詞

漱玉詞

李清照

欽定四庫全書

集部十

詞曲類 詞集之屬

漱玉詞

臣等謹案漱玉詞一卷宋李清照撰清照號易安居士濟南人禮部郎提點京東刑獄格非之女東武趙明誠妻也明誠為挺子終于湖州守好古博雅有金石録三十卷已别著録清照工詩文尤以詞擅名胡仔苕溪漁隱

叢話稱其再適張汝舟未幾反目有啓事與綦處厚云猥以桑榆之晚景配兹駔儈之下材傳者無不笑之今其啓具載趙彦衛雲麓漫鈔中李心傳建炎以來繫年要録載其與後夫構訟事尤詳此本為毛晉汲古閣所刊卷末備載其軼事逸文而不録此篇葢諱之也案陳振孫書録解題載清照漱玉詞一卷又云别本作五卷黄昇花菴詞選則稱漱玉

詞三卷今皆不傳此本僅詞十七闋附以金石錄序一篇蓋後人裒輯爲之已非其舊其金石錄序又與刻本所載詳畧迴殊蓋從容齋五筆中抄出亦非完篇也清照乃失節婦人本不足道而詞格乃抗行周栁以上雖篇帙無多固不能不存備一家矣乾隆四十九年九月恭校上

總纂官臣紀昀臣陸錫熊臣孫士毅

欽定四庫全書

漱玉詞
提要　二

總校官臣陸費墀

欽定四庫全書

漱玉詞

宋 李清照 撰

鳳皇臺上憶吹簫 閨情

香冷金猊被翻紅浪起來慵自梳頭任寶奩塵滿日上簾鈎生怕離懷别苦多少事欲説還休新來瘦非干病酒不是悲秋 休休這回去也千萬遍陽關也則難留念武陵人遠煙鎖秦樓惟有樓前流水應念我終日凝

眸凝眸處從今又添一段新愁

聲聲慢 秋情

尋尋覓覓冷冷清清淒淒慘慘戚戚乍煖還寒時候最難將息三杯兩盞淡酒怎敵他曉來風急鴈過也正傷心却是舊時相識 滿地黄花堆積憔悴損如今有誰堪摘守著窗兒獨自怎生得黑梧桐更兼細雨到黄昏點點滴滴這次第怎一箇愁字了得

壺中天慢 春情

蕭條庭院又斜風細雨重門須閉寵柳嬌花寒食近種種惱人天氣險韻詩成扶頭酒醒別是閒滋味征鴻過盡萬千心事難寄　樓上幾日春寒垂簾四面玉欄杆慵倚被冷香銷新夢覺不許愁人不起清露晨流新桐初引多少遊春意日高煙斂更看今日晴未

漁家傲 記夢

天接雲濤連曉霧星河欲轉千帆舞彷彿夢魂歸帝所聞天語殷勤問我歸何處　我報路長嗟日暮學詩謾

有驚人句九萬里風鵬正舉風休住蓬舟吹往三山去

一剪梅 别愁

紅藕香殘玉簟秋輕解羅裳獨上蘭舟雲中誰寄錦書來鴈字回時月滿西樓 花自飄零水自流一種相思兩處閒愁此情無計可消除才下眉頭却上心頭

如夢令 酒興

常記溪亭日暮沈醉不知歸路興盡晚回舟誤入藕花深處爭渡爭渡驚起一行鷗鷺

又

昨夜雨疎風驟濃睡不消殘酒試問卷簾人却道海棠依舊知否知否應是緑肥紅瘦

醉花陰 九日

薄霧濃雲愁永晝瑞腦銷金獸時節又重陽玉枕紗廚半夜涼初透　東籬把酒黄昏後有暗香盈袖莫道不銷魂簾捲西風人似黄花瘦

怨王孫 春暮

夢斷漏悄愁濃酒惱寶枕生寒翠屏向曉門外誰掃殘紅夜來風　玉簫聲斷人何處春又去忍把歸期負此情此恨此際擬託行雲問東君

又　暮春

帝里春晚重門深院草緑堦前暮天雁斷樓上遠信誰傳恨綿綿　多情自是多沾惹難拚捨又是寒食也歟韆巷陌人静皎月初斜浸梨花

蝶戀花　離情

暖雨和風初破凍柳潤梅輕已覺春心動酒意詩情誰與共淚融殘粉花鈿重 乍試夾衣金縷縫山枕欹斜枕損釵頭鳳獨抱濃愁無好夢夜闌猶剪燈花弄

浣溪沙 春暮

樓上晴天碧四垂樓前芳草接天涯勸君莫上最高梯 新笋看成堂下竹落花都上燕巢泥忍聽林表杜鵑啼

又

鬌子傷春慵更梳晚風庭院落梅初淡雲來往月踈踈

玉鴨薫爐閒瑞腦朱櫻斗帳掩流蘇遺犀還解辟寒

無

又

繡面芙蓉一笑開斜飛寶鴨襯香腮眼波纔動被人猜

一面風情深有韻半牋嬌恨寄幽懷月移花影約重

來

武陵春 春晚

風住塵香花已盡日晚倦梳頭物是人非事事休欲語淚先流　聞說雙溪春尚好也擬泛輕舟只恐雙溪舴艋舟載不得許多愁

點絳唇　閨思

寂寞深閨柔腸一寸愁千縷惜春春去幾點催花雨倚遍闌干祇是無情緒人何處連天芳草望斷歸來路

雨中花　閨情

素約小腰身不奈傷春疎梅影下晚粧新裊裊娉婷何

樣似一縷輕雲　歌巧動朱唇字字嬌嗔桃花深徑一
通津悵望瑶臺清夜月還送歸輪

附

金石録後序

予以建中辛巳歸趙氏時丞相作吏部侍郎家素貧儉
德甫在太學每朔望謁告出質衣取半千錢步入相國
寺市碑文果實歸相對展玩咀嚼後二年從宦便有窮
盡天下古文奇字之志傳寫未見書買名人書畫古奇

器有持徐熙牡丹圖求錢二十萬留信宿計無所得捲還之夫婦相向惋悵者數日及連守兩郡竭俸入以事鉛槧每獲一書即日勘校裝緝得名畫彜鼎亦摩玩舒卷摘指疵病盡一燭為率故紙札精緻字畫全整冠於諸家每飯罷坐歸來堂烹茶指堆積書史言某事在某書某卷第幾葉第幾行以中否勝負為飲茶先後中則舉否大笑或至茶覆懷中不得飲而起凡書史百家字不刓缺本不誤者輒市之儲作副本靖康丙午德甫守

淄川聞北兵將至盈箱溢篋戀戀悵悵知其必不為己物建炎丁未奔太夫人喪南來既長物不能盡載乃先去書之印本重大者畫之多幅者器之無款識者已又去書之監本者畫之平常者器之重大者所載尚十五車連艫渡淮江其青州故第所鎖十間屋期以明年具舟載之又化為煨燼己酉歲六月德甫駐家池陽獨赴行都自岸上望舟中告别予意甚惡呼曰如傳聞城中緩急奈何遥應曰從衆必不得已先棄輜重次衣衾次

書冊次卷軸次古器獨宋器者可自負抱與身俱存亡
勿忘之徑馳馬去秋八月德甫以病不起時六宫往江
西予遣二吏部所存書二萬卷金石刻二千本先往洪
州至冬又陷洪州遂盡委棄所謂連艫渡江者又散為
雲煙矣獨餘輕小卷軸寫本李杜韓柳集世説鹽鐵論
石刻數十副軸鼎鼐十數及南唐書數篋偶在卧内歸
然獨存上江既不可往乃之台温之衢之越之杭寄物
於嵊縣庚戌春官軍收叛卒悉取去入故李將軍家歸

然者十失五六猶有五七簏挈家寓越城一夕為盜穴壁負五簏去盡為吳說運使賤價得之僅存不成部秩殘書策數種忽閱此書如見故人因憶德甫在東萊靜治堂裝標初就芸籤縹帶束十卷作一帙日校二卷跋一卷此二千卷有題跋者五百二卷耳今手澤如新墓木已拱乃知有有必有無有聚必有散亦理之常又胡道所以區區記其終始者亦欲為後世好古博雅之戒云

龍舒郡庫刻其書而此序不見洪容齋見元槀於王順伯因為拈出易安作序時紹興四年也

李易安賀人孿生啟中有云無午未二時之分有伯仲兩楷之似既繫臂而繫足實難弟而難兄玉刻雙璋錦挑對褓註云任文二子孿生德卿生于午道卿生于未張伯楷仲楷兄弟形狀無二白汲兄弟毋不能辨以五色繩一繫于臂一繫于足漱玉集不載此啟見文粹補遺

趙明誠幼時其父將為擇婦明誠晝寢夢誦一書覺來惟憶三句云言與司合安上已脫芝芙草拔以告其父其父為解曰汝殆得能文詞婦也言與司合是

詞字安上已脱是女字芝芙草拔是之夫二字非謂汝為詞女之夫乎後李翁以女女之即易安也果有文章易安結縭未久明誠即負笈遠遊易安殊不忍別覓錦帕書一翦梅詞以送之

易安以重陽醉花陰詞函致明誠明誠嘆賞自愧弗逮務欲勝之一切謝客忘食忘寢者三日夜得五十闋雜易安作以示友人陸德夫德夫玩之再三曰只三句絶佳明誠詰之答曰莫道不消魂簾捲西風人

似黃花瘦政易安作也
宋人中填詞李易安亦稱冠絕使在衣冠當與秦七黃九爭雄不獨雄於閨閣也其詞名漱玉集尋之未得聲聲慢一詞最為婉妙荃翁張端義貴耳集云此詞首下十四箇疊字乃公孫大娘舞劍手本朝非無能詞之士未曾有下十四箇疊字者乃用文選諸賦格守著窗兒獨自怎生得黑此黑字不許第二人押又梧桐更兼細雨到黃昏點點滴滴四疊字又無斧

痕婦人中有此殆間氣也晚年自南渡後京京洛舊事賦元宵永遇樂詞云落月鎔金暮雲合璧已自工緻至於染柳烟輕吹梅笛怨春意知幾許氣象更好後疊云于今憔悴風鬟霜鬢怕見夜間出去皆以尋常言語度入音律鍊句精巧則易平淡入妙者難山谷所謂以故為新以谷為雅者易安先得之矣張子韶對策有桂子飄香之語趙明誠妻李氏嘲之曰露花倒影柳三變桂子飄香張九成